# PRÉFACE.

—



D'un très-gros manuscrit, que j'ai lu l'autre jour,
Avec permission, j'ai tiré tour à tour,
Les extraits que voici : mais ce fut difficile,
L'auteur ne visant pas au titre d'homme habile,
Et, jugeant son travail encor fort imparfait,
Pour sa publicité trouvait le temps peu fait.
Comme il ne voulait pas voir scinder son ouvrage,
Je lui fis observer que je trouvais peu sage
De ne point profiter de l'actualité,
Etse priver ainsi de la priorité
D'une idée qui, par son utile conséquence,
Triple les débouchés du commerce de France.
Il consentit alors, mais ce fut à regret ;
Aussi ne voulut-il me donner qu'un extrait.
De là le décousu que l'on voit dans l'exorde ;
C'est un très-grand défaut, lecteur, je vous l'accorde ;
Mais ce n'est pas le seul et l'auteur le sait bien :
Il m'a dit cependant qu'il n'y changerait rien.
Ne l'ayant jamais vu se rendre qu'à l'idée
Dont la justesse lui semblait bien démontrée,
J'ai dû subir la loi de cet original ;
Ce que vous en direz lui sera fort égal.
Vous aurez le surplus dans un temps plus propice,
Qui doit bientôt, dit-on, couronner l'édifice.

1864

C.

# HISTOIRE

## DU COMMERCE DU MONDE

### RACONTÉE PAR LE JUIF ERRANT (1).

Quand on suit le commerce, en remontant les âges,
On ne voit que combats pour tous ses avantages ;
Mais la paix cependant pourrait seule assurer
Aux hommes les bienfaits qu'il doit leur procurer.
Puisque c'est avant tout par la paix qu'il prospère,
Il doit, comme un malheur, considérer la guerre.
Je n'entends point par là cette paix à tout prix,
Par laquelle, un beau jour, Guizot se trouva pris.

Pour donner du commerce une idée juste et nette,
Il est le trait d'union d'abondance et disette ;
Et s'il doit profiter surtout au producteur,
Il ne doit pas non plus nuire au consommateur.
Mais il est juste aussi que l'intermédiaire
Y trouve sûrement un honnête salaire.
Déjà la liberté de l'association
A fait faire un grand pas à cette solution ;
La marque de fabrique et puis le libre échange
Ne sont plus regardés comme une chose étrange ;
C'est un très-grand progrès ; mais sa prospérité
Ne se complétera que par la probité.

Le commerce toujours fut très-peu poétique ;
On trouvait l'épicier fort laid dans sa boutique.
L'épicier, depuis lors, s'est fait boursicotier,

(1) La première édition est du 21 juillet 1862. — Divry et Cᵉ, Paris.

Sans perdre le cachet de son ancien métier;
Mais il est plus coquet, dans sa forme nouvelle;
Il a bien plus de chic, et sa femme est plus belle.
Si ses créanciers sont plus souvent aux abois,
Il est plus élégant dans sa voiture au bois.
La famille Gogo n'est pas encor détruite,
Et son bonheur sera toujours la commandite.
Quand on veut de la bourse un manuel complet,
On peut le demander à son cher pipelet,
Que la commission, le report et la prime
Ont rendu très-souvent ou gagnant ou victime.
Je trouve que ce jeu n'est rien moins qu'innocent,
Et que de s'en priver c'est se montrer prudent.
La corbeille a bien fait d'expulser la coulisse;
On demande aujourd'hui que tout ce jeu finisse.
   Il faut vraiment écrire à tort et à travers,
Pour du commerce ainsi mettre l'histoire en vers.
Si vous voulez savoir d'où me vient cette idée,
Ainsi que le projet qui seul me l'a donnée,
Lors, prenez et lisez, et je tiens pour certain
Que vous l'aurez comprise avant d'être à la fin.
Je crée, lorsque je puis, autrement je butine
Où je trouve à glaner. C'est mon droit, j'imagine.
Je donne ici l'avis d'un très-vieux commerçant,
Prudent et fort rusé, nommé le Juif-Errant;
Qu'on a vraiment trop mal traité dans sa complainte;
Mais je ne vous ferai pas la moindre contrainte.
Lisez si vous voulez : non, tant pis; oui, tant mieux.
Je vous préviens d'abord qu'il est fort ennuyeux.
Si, malgré cet aveu, la critique vous tente,
Je m'en moque, ma foi, comme de l'an quarante.

---

Après cela posé, je ne m'occupe pas
A voir si le premier des hommes d'ici-bas
Fut notre père Adam, qu'ainsi chacun vénère,
Ou bien un chimpanzé, sachant de son grand-père
Le premier art, celui de bien faire le feu ;
A vous dire le vrai, cela m'importe peu.
Pourtant, puisque j'y suis, je ne saurais vous taire
Que si par un seul couple on a peuplé la terre,
Ce qui, pour les Hébreux, est article de foi,
Mais n'en fut jamais un ni pour vous ni pour moi ;
Ce couple dut avoir une peau bigarrée,
Puisque sa lignée fut diversement parée :
Sem était jaune, et Cham était du plus beau noir,
Mais Japhet était blanc, vous devez le savoir ;
Leur mélange a bien pu nous donner le mulâtre,
Avec le teint cuivré, la couleur olivâtre.
Le génie de Colomb nous a montré plus tard
Qu'on pouvait surpasser Alexandre et Cesar ;
Car il a découvert les peuples d'Amérique,
Dont les peaux ont si bien la couleur de la brique.
D'après cela, lecteur, pour mon compte je crois
Que le sol fut peuplé, mais partont à la fois ;
Dans tous les continents, sous toutes latitudes,
Ce qui nous donne aussi la clef des aptitudes.
Cette diversité, qu'on voit dans la couleur,
M'a toujours fait penser qu'on était dans l'erreur,
Quand on a voulu nous expliquer le mystère
De notre création. Cette cause première
Qui sera pour longtemps inconnue des humains,
Ne pouvant la sonder, je m'en lave les mains.
La question, d'ailleurs, me paraît bien oiseuse,
Sur la terre avant tout rendons la race heureuse ;
Cherchons donc le bonheur pour nous et pour autrui,

Quant à moi, je n'ai pas d'autre but aujourd'hui;
Car notre vie pourrait être pleine de charmes,
Et nous en avons fait une vallée de larmes.
Le vrai bonheur peut être une réalité
Sur la terre aussi bien que dans l'éternité.

En laissant de côté Cham, le pauvre maudit,
Noé fit entre Sem et Japhet, m'a-t-on dit,
De la terre habitable un injuste partage;
La Bible cependant le donne comme un sage.
Ce partage eut pour nous un très-fâcheux effet.
Lorsque Noé donna notre Europe à Japhet,
Elle ne produisait que le hêtre et le chêne,
Qui n'ont jamais donné que le gland et la faine.
Vous pouvez ajouter quelques fruits à pepin,
De maigres châtaigniers, quelques mûriers enfin.
Très-difficile alors fut donc la nourriture
A trouver, tant pour lui, que pour sa géniture,
Et les premiers humains, en Europe surtout,
Ont dû, pour se nourrir, manger un peu de tout;
Car la chasse et la pêche étaient fort difficiles
Dans ce temps, où manquaient partout les ustensiles.
Japhet avait vraiment un bien triste avenir,
Qu'il fit bien de changer, sachons en convenir.
   Lors Sem, en Asie, comme Adam sur l'herbe tendre,
N'avait qu'à se hausser ou baisser pour en prendre.
Longtemps même il laissa pourrir son superflu;
Mais de Japhet enfin le fait étant connu,
Il assemble ses fils, que la faim aiguillonne,
Et leur dit : Tous les lieux que sur terre Dieu donne
Sont mal partagés. Mon père causa le mal,
En faisant entre nous un partage inégal;
Ce partage fut fait suivant le droit d'aînesse,

Et voilà le fâcheux résultat qu'il nous laisse;
Je vais en demander bientôt la révision,
Et l'attaquer enfin pour cause de lésion.
Avant de recourir à ce moyen extrême,
Nous devons tenter un dernier effort suprême;
Un bon arrangement valant mieux qu'un procès,
Dix de vous vont partir, en délégués exprès,
Munis de nos pouvoirs pour traiter cette affaire,
Dont la solution nous est si nécessaire.
Voyez votre oncle Sem et ses fils, vos cousins,
Parlez-leur comme à des parents et des voisins
Avec qui nous voulons tout d'abord nous entendre
Sur un but, dont la fin ne peut se faire attendre.
Je vais vous indiquer les bases d'un traité,
Établissant la paix et la fraternité.

---

Nous pouvons garder nos limites naturelles :
La Méditerranée, avec les Dardanelles,
La mer de Marmara, puis le noir Pont-Euxin,
Semblent n'avoir été créés qu'à ce dessein.
Échangeons nos produits, en faisant du commerce;
Des hommes c'est ainsi que le génie s'exerce.
Alors, quoiqu'habitant sous des climats divers,
Chacun de nous jouira des fruits de l'univers.
A défaut d'abondance, il donne la recette
Aux hommes de ne plus souffrir de la disette.
  Ce temps s'appellera la civilisation,
Un véritable Éden, augmenté d'instruction,
Cet immense bienfait, que Dieu n'a pu défendre,
En donnant un cerveau, pour créer et comprendre;
C'est encor lui qui nous donnera pour certain
Que tout homme ne vit pas seulement de pain,

Mais aussi par le cœur et par l'intelligence,
Qui donneront toujours des joies en abondance.
Ève eut donc bien raison d'instruire son époux ;
Sans cela nous saurions au plus planter des choux.
Je trouve la fiction de la chute de l'homme
Fort mal expliquée par la malheureuse pomme,
Contre laquelle Adam vint jouer son va-tout ;
Ce qui ne prouve pas en faveur de son goût.
Si l'on ne s'est trompé ni de lieu ni de date,
En nous plaçant l'Éden sur les bords de l'Euphrate,
Ce lieu ne produisait que des fruits à noyau :
La pêche, l'abricot, cérise et bigarreau.
Si cette opinion vous paraît bien nouvelle,
La science vous dit qu'elle est juste et réelle.
Cette pomme devait être seule en ce lieu,
Apportée par le diable ou bien par le bon Dieu.
Celui qui ne croit pas, qu'il lise la *Genèse*,
Car, pour ces questions, je mets chacun à l'aise.
   Je vous accorde bien que la pomme d'amour
Dût être cultivée dans ce charmant séjour ;
Car Jehovah lui-même en soignait la culture ;
Il adorait alors madame la Nature.
Ceux qui se sont plus tard dits ses procurateurs,
Sans montrer leur mandat, ont causé nos malheurs ;
Car ils ont travesti l'opinion du maître,
Qui se sert du bon sens pour la faire connaître.
La preuve qu'ils l'ont bien enseignée de travers,
C'est que la loi d'amour régit notre univers.

---

Les fruits naturels sont au premier occupant ;
Mais il doit partager en frère l'excédant.
Si, pour vous, la maxime est loin d'être nouvelle,
Son application n'en serait pas moins belle.

Les fruits de vos travaux et de vos durs labeurs
Appartiennent à vous et à vos successeurs.
L'héritier jouit alors du travail de son père,
Il est, quoi qu'on dira, *sans vol*, propriétaire.
Mais ce mérite-là n'en est pas un vraiment,
De l'aveugle fortune il n'est que l'instrument.
Car il n'a plus alors que la peine de naître ;
Figaro le dira d'Almaviva son maître.

    Mais la propriété, chaque peuple l'entend
Suivant son aptitude et son tempérament.
Les Sémites longtemps la voudront collective,
Car la vie par tribu, leur passion native,
Se manifestera chez les Assyriens,
Les Mèdes, les Persans, les Babyloniens,
Les Arabes, les Turcs, les peuples de Chaldée,
Ceux de la Tartarie, d'Égypte et de Judée ;
Malgré les conquérants Bacchus et Gengis-Kan,
Alexandre, Cyrus, Mahomet, Tamerlan.

    Les enfants de Japhet chercheront, au contraire,
La division du sol, distincte et parcellaire ;
Quand ils auront vaincu la féodalité,
Et qu'ils graviteront tous vers l'égalité.
Ils comprendront alors combien la vie champêtre
Au bon cultivateur peut donner de bien-être.
Quelques peuples pourtant feront tache au tableau
De l'Europe d'alors. En sera-t-il moins beau ?
Si le succès d'Hasting trop longtemps doit faire ombre,
Le grand quatre-vingt-neuf augmentera le nombre
Des possesseurs du sol, autrefois tenanciers,
Et qui surpasseront bientôt leurs devanciers.

---

Dieu ne met sur la terre aucune créature
Sans lui bien assurer avant sa nourriture.

Il lui donne l'instinct de la conservation ;
En ajoutant les joies de la reproduction.
Voilà les dons qu'il fait aux races inférieures ;
Mais il traite bien mieux les races supérieures.
Dans un ordre parfait il met tout ici-bas ;
L'animal suit ses lois, mais ne les juge pas.
Les oiseaux ont le chant et l'amour en partage ;
Il ajoute souvent la beauté du plumage.
Mais Dieu réserve à l'homme un bien plus beau destin,
Qui fut le dernier mot de son pouvoir divin.
Il lui donne ici-bas, par grande préférence,
*Outre ces dons*, le rire, enfin l'intelligence ;
Don divin, qui le fait comprendre avec bonheur
De la terre et des cieux le grand ordonnateur.
L'homme, seul sur la terre, a le bonheur suprême,
Puisqu'il peut devenir un créateur lui-même.

Dieu lui donne des droits, encor mal définis,
Qui le seront, plus tard, par les États-Unis.
Les puritains anglais, dans cette colonie,
Proclameront enfin ces droits dignes d'envie (1).
Avant cet heureux jour presque tous les pouvoirs
Ne lui reconnaîtront que ses nombreux devoirs.

Peut-être direz-vous : pourquoi la Providence
Nous a-t-elle fixé cette longue échéance ?
Vos droits sont reconnus de toute éternité ;
N'accusez du retard que la perversité
De tous vos gouvernants, ou bien votre sottise ;
Mais n'accusez jamais Dieu de votre bêtise.
Si des hommes méchants vous rendent malheureux,
Dieu seul sera toujours pour vous très-généreux.
Du moment qu'il vous a donné l'intelligence,
Le reste vous regarde. En toute circonstance

(1) Le 17 septembre 1774, à Philadelphie.

Dieu ne peut vraiment pas vous mener par la main ;
Car l'homme, dans ce cas, serait un mannequin.
Et bientôt votre orgueil applaudira le sage
Qui vous proclamera du Dieu vivant l'image.

    Avant tout, et partout, cherchez la vérité.
Fuyez, fuyez les gens s'entourant de mystère ;
Et n'oubliez jamais que la fraternité
Sera le dernier mot de l'homme sur la terre.

    Mais l'homme a pour devoir de s'améliorer,
Et, par tous les moyens, c'est ce qu'il doit chercher.
Par une instruction très-libérale et sage
De ses besoins moraux il fait un noble usage.
Au physique, par un croisement amoureux,
Il a le vrai moyen de faire des heureux.

    Croissez, multipliez, est la loi naturelle,
Croisez, pour embellir, est une loi nouvelle ;
Car les mères auraient de beaux jours tout nouveaux,
Si leurs enfants étaient intelligents et beaux.
C'est le suprême but de l'existence humaine ;
Les hommes ont perdu la voie qui les y mène.
S'ils ne retrouvent pas ce beau secret des Dieux,
Ils tourneront toujours dans un cercle vicieux :
Ils ne pourront jamais faire un progrès durable ;
Et mèneront toujours une vie misérable.
Comment s'en étonner, lorsque sur cent enfants
Il en naît tout au plus quatre d'intelligents ?
On vous dira souvent : La race dégénère.
C'est une opinion de tous points mensongère.
Jéhovah nous a dit qu'il sera très-content
Quand sur terre l'esprit produira cinq pour cent.

    Une vérité peu connue,
    Dernier mot de la création,
    Il faut que l'amour continue

Tout le temps de la gestation.
C'est ainsi que l'intelligence
Se forme dans tous les cerveaux,
Et qu'amour donne l'assurance
D'enfants intelligents et beaux.
Je crois les habitants de ces grosses planètes
Qu'on voit tourbillonner au-dessus de nos têtes
(Saturne et Jupiter), bien mieux doués que nous,
Et qu'ils ont bien des sens dont je me sens jaloux.
Notre globe est pourtant planète cardinale ;
Ce qui donne aux humains un si bel encéphale.
Il faut le dire hélas ! l'homme atrophie souvent
La plupart de ces dons qu'il reçut en naissant ;
En les développant parfois outre mesure,
Ou bien en les laissant à l'état de nature.
Un cerveau négligé donne de mauvais fruits,
Et ne cause aux parents que de tristes ennuis ;
Un cerveau trop chargé donne des fruits précoces ;
Mais qui ne sont rosés qu'un peu sur les écorces.
Comme une serre chaude a des fruits sans saveur,
A vingt ans le prodige a fort peu de valeur.
On a, dans ces deux cas, contrarié la nature,
Qui ne pardonne point ; le sage nous l'assure.
La nature ne perd jamais ses droits sur nous,
Nul ne peut se soustraire à ses regards jaloux ;
Si l'on veut à vingt ans une vie courte et bonne,
On l'aura courte, hélas ! La nature vous donne
Quelques années au plus à marcher de ce train ;
Vous chanterez alors un tout autre refrain.
Tous les maux engendrés par le dévergondage
Viendront vous torturer, vous vieillir avant l'âge.
C'est pour cela qu'on voit tant de vieux jeunes gens
Goutteux, souvent perclus, dès l'âge de trente ans.

Certes le temps moyen de l'existence humaine
Serait de cinquante ans, c'est chose bien certaine,
Si l'on pouvait d'un coup amoindrir les excès,
Supprimer la misère, avancer le progrès.
On pourrait dire alors : C'est la bonne nouvelle,
Qui sera, *sur la terre*, applicable et réelle.
   Pour vieillir en santé, voulez-vous le moyen :
C'est de jouir de tout, de n'abuser de rien.

———

Voilà ce que j'appris du père Jéhova,
Quand il venait causer le soir avec papa ;
Ce qui vraiment pour nous fut un bonheur insigne,
Car il vint nous montrer à cultiver la vigne.
Mais je regrette hélas ! que cet événement
Ait attiré sur Cham son rude châtiment.
Pour moi, je fus saisi d'une douleur mortelle,
Quand Noé prononça la sentence cruelle,
Qui condamne à jamais son fils Cham à souffrir
(Jusqu'à quatre-vingt neuf, qui viendra l'affranchir).
Si dans sa raillerie Cham mit de la malice,
Mon père fut pour lui d'une rare injustice.
Une moquerie sur un homme pris de vin
N'eût pas dû mériter une peau de chagrin ;
Non-seulement pour lui, mais pour sa descendance.
(C'était pourtant alors la commune croyance.)
Jéhovah, détestant l'ivrogne et le cafard,
Devra, j'en suis certain, lui pardonner plus tard.

———

   Je ne vous dirai point comment ces avis sages
Furent pourtant alors rejetés par les Mages.
Déjà les fils de Sem, en castes divisés,
Comptaient leurs parias et leurs privilégiés.

Les castes sont encor le fléau de l'Asie,
Et j'en ai bien souffert dans ma pauvre patrie.
Comme un mauvais exemple est très-contagieux,
Les castes ont pris pied aussi chez vos aïeux ;
Malgré l'avénement de la bonne nouvelle,
Qu'un égoïsme étroit rendit souvent cruelle.
Pour tout vous dire enfin, les hommes, depuis lors,
Sont devenus la proie des rusés et des forts.

Je ne vois qu'un pays, c'est votre belle France,
Qui, par quatre-vingt-neuf, ait eu sa délivrance.
Ce grand événement qui fut providentiel,
Le plus beau qui se soit accompli sous le ciel ;
Qui d'un bond surpassa, de plus de cent coudées,
Des grands réformateurs les sublimes idées.
Son programme portait : Vivre libre ou mourir.
Ceux qui le défendaient sont morts pour l'accomplir.
Mais ils ont aboli tous les vieux priviléges,
Qui n'étaient presque tous que d'affreux sacriléges ;
Tous les peuples d'Europe, esclaves des tyrans,
Sur sa frontière alors vinrent en conquérants ;
Mais au cri déchirant : La patrie en danger,
Et dont l'écho lointain fit frémir l'étranger,
Sa légion de héros, sublimes volontaires,
Écrasa des tyrans les troupes mercenaires.

Tous les peuples du monde ont vu votre arc-en-ciel ;
Ils ont béni le grand suffrage universel,
Sachant bien que par lui le pauvre prolétaire
Aura bientôt sa part de bonheur sur la terre ;
Ce nouveau labarum des peuples opprimés
Accomplira leurs vœux une fois exprimés ;
Car la France est un phare allumé dans le monde,
Pour tirer les humains de cette nuit profonde
Où longtemps l'ignorance a su les maintenir,

Et pour leur assurer un plus bel avenir.

Je n'entends point par là, pour leur bonheur, qu'il faille
Que les hommes soient bien tous de la même taille,
Ni le partage égal de nos biens d'ici-bas,
Car, fût-il fait, combien durerait-il, hélas !
Mais l'inégalité, cette loi naturelle,
Par la fraternité deviendra moins cruelle.

Bien lire et bien écrire, et savoir un état,
Voilà, je le proclame, un divin résultat;
Car on peut mettre ainsi chacun à sa vraie place,
Pour moi, je n'ai jamais demandé que la grâce
Pour le peuple de voir luire enfin ce beau jour,
Que chacun bénira par respect et amour.
Élevant la portée de toute intelligence,
L'État verrait bientôt augmenter la science,
Et le niveau moral de notre nation;
Du bien comme du mal donnant la notion.
Le grand quatre-vingt-neuf est tout démocratique,
Il est l'avénement du progrès pacifique,
Qui doit être prudent, sage, mais continu,
Car toute commotion nous mène à l'inconnu.

Peut-être verra-t-on des chercheurs de chimère,
Pauvres esprits toujours tourmentés sur la terre,
Rêver un idéal, pour un plus grand bonheur,
Parce qu'ils n'ont pas pu, ni su trouver le leur.
Dans son nouvel Éden, appelé l'harmonie,
Cette terre promise où Fourier nous convie,
Il admet que l'on peut vivre sans travailler,
Même sans capital. A-t-il voulu railler?
Il a, par ces deux mots, fait crouler son système,
Qui, comme un beau roman, plaira toujours quand même.
Dans tous pays je n'ai vu que des paresseux
Prendre pour qualité celle de partageux.

Chaque peuple, en ses lois, doit montrer la sagesse,
Honorer le travail et honnir la paresse.
Qui ne travaille point, ne devrait pas manger,
Dit un proverbe ancien, que je ne veux changer.
Par l'extirpation de l'affreux parasite,
Chacun sera traité suivant son vrai mérite.

———

Dieu ! que me voilà loin de ce pauvre Japhet !
Allons ! vieux radoteur, reviens à ton sujet,
Or, je vous disais donc. Eh mais ! que vous disais-je ?
Que mes cheveux sont blancs tout comme de la neige,
Comme cela ne doit pas vous intéresser,
Je vais finir par où j'aurais dû commencer.

———

## TROIE ET LES GRECS CONFÉDÉRÉS.

Nous voici donc enfin à la guerre de Troie,
Bienheureux si je puis vous donner de la joie ;
Peut-être direz-vous : Dieu ! quel titre pompeux !
Non, je ne vise pas du tout au merveilleux ;
Cette guerre, qui fut par Homère chantée,
N'eut point la cause qui lui fut toujours prêtée.
Après mûr examen, je vais vous dire, hélas !
Que les Grecs se moquaient fort bien de Ménélas.
Pâris était bien beau, bien amoureuse Hélène,
Et je comprends leur fuite en la cité troyenne ;
Dans cet heureux amour, par Homère embelli,
Je cherche vainement un vrai *casus belli* ;
Car Hélène ne fut pas enlevée de force,
Ménélas pouvait donc demander le divorce ;
La Grèce eût conservé ses plus vaillants guerriers,
Morts sous les murs de Troie, tout couverts de lauriers.

On n'eût point sacrifié la pauvre Iphigénie,
Mais on nous eût privés de belle tragédie;
Nous n'eussions point connu Priam, Achille, Hector,
Ulysse et Fénelon, Télémaque et Mentor.
Troie monopolisait le commerce d'Asie,
Tous les Grecs lui portaient une mortelle envie;
Et le premier motif pour eux fut le meilleur,
Pour se débarrasser de cette concurrence;
Le hasard des combats fit de Troie le malheur,
Et des confédérés assura la vengeance.
Quoi que l'on en ait dit, non je n'ai jamais cru
Que l'on fit guerroyer dix ans pour un c...,
Un peuple qui, toujours amoureux et volage,
Adorait, dans Vulcain, le dieu du c....age,
Jupiter, Apollon, et ces vieux galantins,
Qui posaient dans l'Olympe; un tas de libertins;
Sans oublier Vénus, la reine de Cythère,
Qui fut dans ses amours souvent plus que légère.
Les Grecs ont combattu pour leurs seuls intérêts :
Pour le voir, il suffit d'y regarder de près.
Cette guerre eut pour but le commerce du monde,
La preuve nous en vient d'une source profonde.
La Grèce en retira de fort beaux résultats :
Richesse et liberté pour ses divers États.
Le commerce n'était pas assez poétique,
Pour fournir le sujet du grand poëme épique,
Les rapsodes, voulant plaire à la nation,
Pour la réalité prenant la fiction,
Ont chanté les combats, et l'amour et la gloire;
C'est ainsi, de tout temps, qu'on écrivit l'histoire (1).

(1) La croisade eut plus tard un effet plus rapide;
    Mais Le Tasse eut besoin de Renaud et d'Armide,
    Pour nous faire goûter, dans sa *Jérusalem*,
    Notre brillant succès sur les enfants de Sem.

Mais ce fait bien connu nous montre Agamemnon,
Non plus le roi des rois, mais marchand de renom,
Soutenu par les Grecs, dans cette circonstance ;
Leur association fit toute sa puissance.
Le peuple grec était très-superstitieux,
Ce qu'il *aimait* surtout, c'était le merveilleux.
Alexandre, partant pour conquérir l'Asie,
N'eut le concours des Grecs qu'en forçant la Pythie,
Qui se tortillait fort sur son trépied fameux,
En séance à venir déclarer devant eux :
« Je ne vois pas, mon fils, pour toi de résistance,
« Jupiter t'a donné sa divine assistance. »
Thémistocle avait pu, par le même moyen,
Décider du succès du peuple athénien ,
Et dormir malgré les lauriers de Miltiade.
Je vous laisse à chercher sous quelle olympiade.
Mais nous anticipons sur les événements :
Un conteur ne doit pas tourner à tous les vents.
Du fameux : *Troja fuit*, la seule conséquence
Fut d'assurer, pour un temps, la prépondérance
Du commerce d'Europe, et d'en doubler l'essor ;
C'est ce temps que les Grecs ont nommé l'âge d'or.
Mais l'histoire, aujourd'hui, ne veut plus que l'on croie
A cet ancien dicton : Amour ! tu perdis Troie.
Ce fut le grand succès des enfants de Japhet.
La Grèce en ressentit le salutaire effet.
On vit surgir alors ses héros et ses sages,
Philosophes, savants, guerriers, législateurs,
Artistes, médecins, poëtes, orateurs,
Dont la gloire et les noms traverseront les âges ;
Car qui n'admire encor, malgré quelques excès,
Le grand et glorieux siècle de Périclès ?

## TYR ET ALEXANDRE.

Grâce aux dissensions du peuple japhétique,
Tyr releva bientôt la race sémitique.
Ce fut alors qu'on vit le peuple d'Israël
Traverser le désert, guidé par l'Éternel,
Ayant élu pour chef le prophète Moïse,
Et marchant lentement vers sa terre promise;
Emportant avec lui son culte déjà vieux.
Ce peuple fut d'ailleurs très-rarement heureux,
Car il fut bien souvent réduit à l'esclavage;
Ce qui ne le rendit pourtant jamais plus sage.
Qnoi qu'il dise bien haut qu'on le choisit à part,
Je trouve qu'il ressemble au peuple savoyard;
Car ceux qui n'avaient pas de droits au sacerdoce,
Allaient dans tous pays exercer le négoce;
Leur stérile pays ne pouvant les nourrir,
Ils étaient bien forcés presque tous de partir;
Étant partout traités comme engeance maudite,
Car ils savaient fort bien tous s'enrichir très-vite.
Dépouillés bien souvent, surtout par les chrétiens,
Qui, par leur foi, devraient voir en eux des anciens.
On a dit que Jésus, en les chassant du temple,
Aux disciples, par là, donnait un autre exemple.
Mais les fils de Judas se sont si bien vengés,
Que rois de notre époque ils ont été jugés.
Après tant de revers leur existence étonne;
On a dit que c'est un exemple que Dieu donne.
On ne peut le nier, cette race a du bon,
Car, bien mieux que son culte et sa circoncision,
Son génie commercial l'a fait passer les âges,
Des autres nations éviter les naufrages.
Ils sont bien maintenant ce qu'ils étaient alor,

Aimant par-dessus tout leur seul dieu, le veau d'or.
Je vous le certifie et vous pouvez m'en croire,
Personne mieux que moi ne connaît leur histoire.
Tyr contenait beaucoup d'armateurs fils de Sém,
Qui, comme moi, venaient tous de Jérusalem.

En attaquant les Grecs, Xerxès fit triste mine,
Chacun sait comme il fut vaincu près Salamine.
Cela prouve que les vaisseaux athéniens
Étaient bien supérieurs aux vaisseaux tyriens;
Mais, malheureusement pour elle et pour sa gloire,
Athènes profita fort peu de sa victoire;
Car elle ne comptait pas assez de soldats
Pour en suivre en Asie tous les beaux résultats.
Ce fut un grand malheur pour cette république,
Et la faute des Grecs, qui jalousaient l'Attique.
Mais ce but glorieux put être atteint plus tard,
Par les Grecs réunis sous le même étendard.
Je ne vous dirai point les exploits d'Alexandre,
Depuis longtemps l'histoire a dû vous les apprendre.
Je dirai seulement que, les Perses vaincus,
Ce qu'il put obtenir en écrasant Darius,
Il lui restait encor de la besogne à faire;
Et la prise de Tyr fut sa plus lourde affaire.
La bataille d'Arbelle eut moins de résultat
Pour les Grecs que la fin de ce petit État,
Qui possédait alors le commerce d'Asie,
Seul motif de la guerre et de leur jalousie.
La Grèce fit subir aux marchands tyriens,
Le triste sort qu'avaient éprouvé les Troyens.
Elle reconquit, par cette guerre féconde,
L'empire de la mer, le commerce du monde.

Alexandre, entraîné par l'amour des combats,
Partit pour conquérir encor d'autres États.
Voulant perpétuer son nom et sa victoire,
Par une création bien digne de sa gloire,
Et rendre aussi son peuple et plus riche et plus fort,
Il sut donner le *Plan d'une Ville et d'un Port*,
Dans une position fort belle et stratégique,
Qui commandait l'Asie, et l'Europe et l'Afrique.
Sa capitale ainsi dominait l'univers;
Et son peuple avait seul le commerce des mers.
Vaste conception, digne de son génie;
Mais il mourut avant de l'avoir vue finie.

---

Qui nous dira jamais ce qui fût advenu
De sa domination sur le monde connu ?
Il avait le pouvoir, on le croira sans peine,
De changer pour toujours la destinée humaine.
L'eût-il fait ? Je crois bien qu'il ne l'eût pas voulu.
L'homme au-dessus des lois, fût-il avant fort sage,
N'a souvent dans l'esprit que du dévergondage.
C'est la punition du pouvoir absolu.
Qui ne connaît le spleen, sans marque de fabrique,
Ce mal du lord blasé, ce produit britannique?
Pour moi, je trouve qu'il représente en petit
Le mal qui du tyran ronge souvent l'esprit.
Alexandre absorba la Grèce tout entière;
Il éteignit par là ce flambeau de lumière.
Il demeura toujours un Macédonien,
Et ne prit rien du Grec ni de l'Athénien;
Car, malgré les leçons du savant Aristote,
Alexandre naquit, vécut, mourut despote.
Il osa renier et son père et son nom,

En se déclarant fils de Jupiter Hammon.
L'un de ses lieutenants fit tuer Démosthènes,
Ce brillant orateur, dernier rempart d'Athènes.
Lui-même, de sa main, assassina Clitus,
Qui lui sauva la vie, aux bords du Granicus.
Celui qui fut, dit-on, jaloux de Diogène,
De mon opinion comprendrait le sans-gêne.
Sa mort fut pour le monde un fâcheux temps d'arrêt ;
Pour le continuer nul ne se trouva prêt.
La Grèce, ayant perdu sa fière indépendance,
Imprima sur son front le mot de décadence.
Ne soyons pas ingrats pour cette nation,
Puisque nous lui devons la civilisation.

---

## CARTHAGE ET ROME.

Par Alexandre encor le peuple japhétique
Avait su triompher du peuple sémitique.
Mais, ainsi qu'il advient trop souvent entre égaux,
La discorde se mit parmi ses généraux,
Qui, pour se partager ses dépouilles royales,
Se firent très-longtemps des guerres peu loyales.
Les fils de Sem ayant saisi l'occasion
De pouvoir remplacer leur Tyr et leur Sidon,
Ils partirent alors pour un lointain rivage,
Et bâtirent bientôt la fameuse Carthage.
Se relevant par là de leurs anciens revers,
Ils conquirent encor le commerce des mers.
Qui leur donna toujours abondance et richesse,
Quand les peuples guerriers vivaient dans la détresse.
Mais dans ce même temps grandissaient les Romains,
Et les Carthaginois vont en venir aux mains

Avec ces fiers soldats. maîtres de l'Italie,
Et dont l'ambition égale le génie.
L'histoire vous a dit les exploits d'Annibal,
Les succès de Scipion, son bienheureux rival.
Carthage fit alors ce que fait l'Angleterre ;
Elle n'eut pour soldat que le seul mercenaire.
Ses généraux vaincus avaient le triste sort
Que l'Angleterre a fait subir à plus d'un lord.
Témoin ce pauvre Byng, qui paya de sa vie
L'échec de Port-Mahon, victime de l'envie
Qu'Albion a toujours montrée pour les succès,
La gloire et le génie du grand peuple français.
Le fier Carthaginois, monté sur sa trirème,
Était pour le Romain d'une arrogance extrême ;
Il se croyait vraiment roi des mers à jamais,
Quand Duilius lui montra que désormais,
Pour le soldat romain, il serait très-facile
De prendre un bain de pied dans la mer de Sicile.
Rome, sachant alors construire des vaisseaux,
Ne devait pas longtemps supporter de rivaux.
Mais la lutte fut longue, et les guerres puniques
Nous ont montré combien les peuples sémitiques
Avaient de cruauté pour les soldats vaincus,
Quand ils ont de sang-froid torturé Régulus.
Les pontons, dont l'Anglais a conservé la trace,
Prouvent l'affinité de goût, sinon de race.
Mais le peuple romain était né conquérant ;
Ce rôle lui semblait et plus noble et plus grand.
Il préféra longtemps l'amour de la patrie
Aux profits que pouvait lui donner l'industrie.
Tandis que le Sémite, avant tout commerçant,
Le vrai prédécesseur de notre anglo-normand,
N'eut d'autre passion que celle du négoce,

Pour lequel il montra l'aptitude précoce.
Quand l'avis de Caton, si souvent répété
Par ce fougueux censeur, put être exécuté;
Et quand, avec orgueil, la Rome triomphante
De Carthage put voir la ruine fumante,
L'univers éprouva ce long frémissement
Qui précède et qui suit un grand événement.
Rome n'avait alors de goût que pour la guerre,
*Delenda Carthago* ne lui profita guère.          \
N'ayant plus d'ennemis à combattre au dehors,
Les Romains se sont tous battus entre eux dès lors.
Ce fut le temps fâcheux des discordes civiles;
Celui de Spartacus et des guerres serviles.
Mais les Carthaginois, regagnant l'Orient,
Devinrent maîtres du commerce entièrement.
Ce qui leur procurait une grande richesse,
Malgré tout le pouvoir de Rome, leur maîtresse.
Cesar, qui ne fut point un héros de hasard,
L'avait très-bien compris, mais il s'y prit trop tard.
Il fit ce que les deux Gracques n'avaient pu faire;
Son avénement fut celui du prolétaire,
Qui put marcher depuis avec le patricien,
Ce dont le populo s'accomoda fort bien.
Mais Cesar lui devait succès et renommée;
Car tous les aristos avaient suivi Pompée,
Qui se posait comme un représentant légal;
Mais qui cherchait plutôt la chute d'un rival.
Tous ces beaux patriciens, croyant vaincre à Pharsale,
Partagaient entre eux la curée nationale;
Comme chez vous plus tard ces nobles émigrés,
Qui sont dans les fourgons des cosaques rentrés.
Cesar désirait pour sa Rome impériale
Une organisation forte et commerciale.

Tout État qui s'appuie sur ces deux éléments,
Peut résister longtemps à tous les changements.
C'est là le vrai cachet d'une longue durée
Pour tout gouvernement, et dans toute contrée.
Malgré tout son pouvoir, Rome a sombré plus tard,
Pour n'avoir point compris le génie de Cesar;
Qui voulait compléter sa grande politique,
Par la conquête du commerce sémitique.
Sans le coup de poignard du stupide Brutus,
Tous ces beaux résultats allaient être obtenus.
    Mais au lieu de vouloir imiter Alexandre,
Cesar avait vraiment un plus beau rôle à prendre,
Celui de bienfaiteur et sauveur des humains.
Pourquoi préférait-il être roi des Romains?
Il eût pu décréter la liberté du monde,
Et lui donner enfin une base féconde.
En appliquant l'idée qu'il avait au début :
Hors la démocratie il n'est pas de salut.

----

Deux fois le despotisme a conquis l'univers :
Alexandre et Cesar n'ont donné que des fers;
Car ils ont étendu ce hideux esclavage,
Que le *divin* Platon trouvait utile et sage.
Hélas! l'excès du mal produit souvent le bien;
C'est ainsi qu'ils l'ont fait; mais ils n'en savaient rien.
Car ils n'avaient fondé qu'un affreux despotisme,
Conséquence forcée d'un profond égoïsme.
    Le vrai, le grand héros de notre humanité
Lui donnera du PAIN, avec la LIBERTÉ.

----

Virgilius Maro, voulant flatter Auguste,
Pour l'*Enéide* prit une idée fort peu juste,

En faisant les Romains descendre des Troyens.
Alors, comme aujourd'hui, ses chers concitoyens.
Avaient parfaitement le cachet caucasique,
Et différaient en tout du peuple sémitique.
Aussi, quand son héros descendit aux enfers,
Le livre du destin lui fut lu de travers.

—————

« Avez-vous lu les vers que j'ai faits sur le Diable ?
« Ne croyez pas au moins que ce soit une fable.
« Mais j'avoue que je n'en dis pas de mal du tout ;
« Car il est bon d'avoir de ses amis partout. »

—————

Palmyre fut plus tard une réminiscence
Des vieux Sémites vers leur ancienne puissance.
Mais ce nouvel effort ne leur servit à rien ;
Palmyre fut détruite aussi par Adrien.

—————

On les revit puissants sous les fils du Prophète,
Quand votre Karl-Martel commença leur défaite ;
Et l'Europe, sans lui, subissait du Croissant,
Peut-être pour toujours, le joug abrutissant.

—————

L'Européen pourtant ne doit plus en médire,
Car c'est aux fils de Sem qu'il doit de savoir lire.
Et s'il peut aujourd'hui calculer aisément,
C'est aux Arabes qu'il en doit remercîment.

—————

Ici mon vieux conteur me fit la révérence,
En me disant tout bas : Bonjour et bonne chance.

—————

## L'ANGLETERRE ET LA FRANCE.

Depuis longtemps la France attend un successeur
Au vrai roi du commerce, au puissant Jacques Cœur.
Sa chute fut pour nous une perte cruelle,
Dont l'aristocratie ne se lava jamais.
L'ignoble Charles Sept a laissé sa Pucelle
Être martyrisée par les bourreaux anglais.
Les hauts barons d'alors méprisaient l'industrie,
Et leur sabre faisait la loi de la patrie.
Souvent, avec orgueil, on les vit déclarer
Qu'un gentilhomme doit ne pas savoir signer.
La mort de Jacques Cœur fit passer le commerce
A l'Anglais, qui depuis ce fâcheux temps l'exerce.
Car il était trop tard quand Colbert dit, hélas !
Que par le haut négoce on ne dérogeait pas.
L'Anglais, dont il faut bien admirer la sagesse,
Avait déjà conquis cette grande richesse
Que donne le commerce à toute nation,
Qui le fait largement par association.
On comprend mieux l'ardeur de l'Anglais qui s'y livre,
Quand on sait que son sol ne peut le faire vivre.
Car, il a beau vanter ses perfectionnements
Et les divers produits de tous ses croisements,
Ainsi que les progrès de son agriculture,
Il n'en peut pas tirer toute sa nourriture.
Son commerce lui donne alors le complément,
Qu'il vient souvent chercher sur notre continent.
Si l'Anglais avant tout fait passer le négoce,
C'est que la loi du ventre est une loi féroce.
Et son gouvernement, quel qu'il fût, n'eut jamais
Qu'un seul et même but : les intérêts anglais.
Cette politique est la loi de l'Angleterre,

Qui l'a suivie toujours et partout sur la terre.
Je crois que tout Français en est bien convaincu,
Insister sur ce poiut me semble superflu.
Si la loi du plus fort fut longtemps la meilleure,
L'intelligence doit avoir aussi son heure.
    Le génie sémitique était loin de mourir ;
L'Angleterre devait le faire refleurir.
Mais elle a beaucoup trop étendu sa conquête,
Partout son horizon sent venir la tempête.
Le commerçant anglais, croisé de sang normand,
A pu même arrêter Napoléon le Grand.
Pitt, dont on a vanté, bien à tort, la sagesse,
Ne fut que le soutien du hideux droit d'aînesse.
Sa haine invétérée contre l'égalité
Arrêta les progrès de notre humanité.
Au pauvre peuple anglais il sut donner le change,
En lui montrant pour but son commerce d'échange :
Mais, s'il fit le Landlord aussi loin reculer,
John Bull sait aujourd'hui que c'est pour mieux sauter ;
Et son quatre-vingt-neuf est plus près qu'on ne pense.
J'en ai pour garant son esprit d'indépendance.
L'idée, pour réussir, a besoin du succès :
Appliquons ce proverbe au commerce français.
Il est bien attrayant, ce génie sémitique,
Puisqu'il a transformé l'Angleterre en boutique.
Mais, instruite aujourd'hui par sa dure leçon,
La France la vaincra, sans poudre ni canon.
Dieu n'a-t-il pas tout fait pour notre belle France ?
N'a-t-elle pas déjà l'honneur et la puissance ?
La beauté de son sol et ses produits divers
Ne sont-ils pas aussi fameux dans l'univers ?
Que lui manque-t-il donc pour être sans rivale ?
Une organisation forte et commerciale.

Ayant depuis longtemps la force et les trésors,
La France n'a besoin que du commerce alors.
A l'œuvre donc, Français, car c'est Dieu qui l'ordonne.
Afin d'utiliser tous les biens qu'il vous donne,
Que l'ASSOCIATION, bien comprise de tous,
Vous assure un succès dont l'Anglais soit jaloux.
Jamais l'occasion ne vous sera plus belle
Pour entrer largement dans cette voie nouvelle.
Par l'association, vous vaincrez les Anglais;
Vous verrez l'Atlantique être UN GRAND LAC FRANÇAIS.

---

Pour un but moins fécond, jadis à vos aïeux
Pierre l'Hermite a dit : Levez-vous, Dieu le veut.
Tous les barons chrétiens, se croisant à l'envie,
Par un sublime élan, sur la terre d'Asie
Ont planté leurs drapeaux, bientôt victorieux,
Et délivré, du moins pour longtemps, les saints lieux.
Ils ont fait éprouver aux enfants du prophète,
Ainsi qu'aux chrétiens Grecs, les maux de la conquête;
Mais ils ont rapporté de leur expédition,
Pour leurs peuples, commerce et civilisation.
  Aujourd'hui, verra-t-on les barons de finance
Assurer l'avenir du commerce de France?
Ils en recueilleraient des résultats certains;
Et, si vous en doutez, j'en ai la preuve en mains.

---

# BREST.

—

## VILLE ET PORT DE COMMERCE

### A CRÉER A SAINT-MARC. (RADE DE BREST.)

———

### PROLONGEMENT DU PORT NAPOLÉON.

———

La France, mes amis, possède, à l'occident,
Une fort belle Rade, à l'abri de tout vent ;
D'un très-facile accès, de nuit comme de jour,
D'Amérique abrégeant l'aller et le retour.

Cette rade de Brest, avant deux ou trois ans,
Grâce aux chemins de fer de l'Ouest et d'Orléans,
Aura conquis le *Grand Transit Américain*,
Et sera devenue l'*Entrepôt Parisien*.

Afin d'utiliser Transit et Entrepôt,
Qui, près de cette rade, arriveront bientôt,
Une société, car je m'en porte fort,
Pourra faire créer une *Ville* et un *Port*.

Par un *Môle*, à Saint-Marc, établi sur le *Banc*,
On transforme en un *Lac* la *Baie* du Moulin-Blanc ;
Le *Plateau* de Saint-Marc, position sans égale,
Verra s'élever la *Ville commerciale*.

Ce plateau de Saint-Marc, oasis véritable,
D'où l'œil peut contempler cette Rade admirable,
Le Port et ses vaisseaux, le Goulet, l'Océan,
Produit le camélia, même en arbre géant.

La France ne possède encor rien d'aussi beau,
Qu'une *Ville* placée sur ce charmant *Plateau*,
Qui pourra réunir l'agréable à l'utile,
Et dont la création est pourtant si facile.

La *Rivière* d'*Elorn* sert, de cette façon,
Sans déranger en rien l'Anse de Kerhuon,
D'un *Grand Arrière-Port*, qui pourra contenir
Des milliers de vaisseaux. Voyez quel avenir !

Les travaux qu'à *Porstrein* on est en train de faire,
Iront se réunir au grand port militaire;
Puis on laissera Brest, avec son altitude,
Des employés du port loger la multitude.

Ces travaux de *Porstrein* peuvent se relier
A la ville et au port que l'on cherche à créer;
Et donner à la France un *Port National*,
Qui n'aura pas dans tout le monde son égal.

Cette ville et ce port, créés par l'*Industrie*,
Profiteront pourtant à toute la patrie.
Ce qui surtout doit faire adopter ce projet :
On peut l'exécuter sans grever le budget.

Mettant le continent sous notre dépendance,
La ville de Saint-Marc enrichira la France.
De nos chemins de fer c'est le vrai complément,
L'honneur en revient à notre Gouvernement.

Si je pouvais aussi, je ferais maintenant,
La batterie blindée de la *Roche* Mengant;
Car, de cette façon, Brest pourrait défier
Les canons des Anglais et ceux du monde entier.

Près d'ici, j'aperçois notre proche voisin,
Que ce beau résultat, qu'il prévoit, rend chagrin;

Car il sait que pour lui cela sent très-mauvais,
Et que c'est bien le quart d'heure de Rabelais.

Cette ville et ce port, pour tout vous dire enfin,
Du commerce français changeront le destin ;
Et, par eux, Albion supportera la peine
De la mort du héros, martyr de Sainte-Hélène.

Pour le développement et l'exécution de ce projet, voir la brochure en prose ayant pour titre : *Création de la ville commerciale de Saint-Marc, sur le Plateau de ce nom, bordant la rade de Brest ; Conséquence Naturelle et Forcée de la construction du Port de Commerce*, en voie d'exécution dans cette Rade, et du *Prolongement jusqu'à Brest des deux chemins de fer : de Rennes (Ouest) et de Nantes (Orléans)*.

Cette brochure est de novembre 1861, et par conséquent *antérieure de près de deux ans* à la Société dite des ports de Brest, que l'on veut établir sur des terrains situés sur une côte à pic, derrière la gare des voyageurs et à cent cinquante pieds au-dessus du niveau de la mer et de la gare des marchandises.

*Ce projet est tout ce qu'il y a de plus étranger à la Société des ports de Brest.*

*Le plateau de Saint-Marc est le seul donnant accès à la grève ;* et le SEUL, par conséquent, où l'on puisse créer, *avec la commodité et l'économie désirables des Etablissements de commerce de toute nature*, tels que *Docks, Usines, Cales de Construction, Magasins de chabrons, Entrepôts de marchandises, Maisons d'habitation*, etc., etc., avec *l'Une* des plus Belles Vues de France et d'Europe.

Il *justifie* pleinement et entièrement l'épigraphe de cette brochure : *Par Brest, le Transit Européen appartient à la France ; Brest doit être et sera le Grand Entrepôt Commercial de l'Europe et de l'Amérique, le Point de Jonction entre l'Ancien et le Nouveau Monde.*

Voir aussi l'appendice du 15 mars 1863, ayant pour titre : *Port de Commerce à créer à Saint-Marc* ou *Prolongement du Port Napoléon.*

Il constate que par l'*Embranchement*, nouvellement décrété et en voie d'exécution, conduisant les deux chemins de fer rivaux (le long de la grève) au Port Napoléon, et à la gare des marchandises, a pour effet de *Relier le Plateau de Saint-Marc à la Ville de Brest* et de faire de ce *Plateau le* FAUBOURG DE BREST ; en attendant qu'il en absorbe entièrement toute la population commerçante actuelle, et celle que les chemins de fer, le Port de Commerce, les Transaltantiques et le mouvement commercial vont y amener ; conséquence forcée et naturelle de la *Position exceptionnelle de ce Plateau,* QUI SEUL DONNE ACCÈS A LA GRÈVE.

Pour donner *toutes* facilités à la communication entre le Port Napoléon et le Plateau de Saint-Marc, le Gouvernement fait exécuter *Une Grande Route,* allant (le long de la grève et de la voie ferrée) du Port de commerce au Moulin-Blanc et traversant le Plateau de Saint-Marc.

Cette *Route* et l'*Embranchement* du chemin de fer sur la grève sont situés au pied d'une côte de granit à pic, à 43 mètres 30 centimètres en contre-bas du chemin de fer conduisant à la gare des voyageurs.

LA POSITION DE LA VILLE DE SAINT-MARC (*qui avant peu se trouvera placée au milieu du Port Napoléon*), SERA LA PLUS BELLE DE FRANCE ET D'EUROPE.

Le commerce y trouvera PRODUCTION et PROTECTION.

*Voir enfin* l'Article du MONITEUR du 7 novembre 1863

sur Brest, l'achèvement du Réseau Breton, et le mouvement commercial qui doit en être la conséquence naturelle.

---

## LA BRETAGNE.

On montre toujours la Bretagne
Comme un pays deshérité.
J'ai vu la France et l'Allemagne,
Et je vous dis en vérité :
La Bretagne est pleine de charmes,
Avec ses coteaux ravissants ;
Ses vallées ne sont pas de larmes,
Avec leurs cours d'eau transparents.

La mer entoure la Bretagne,
De son écharpe bleu d'azur ;
La fleur d'or couvre la montagne,
Où l'on respire un air si pur.
On voit le palais d'Amphitrite,
Dans une grotte de Morgat,
Éclairé par la stalactite,
Aux reflets d'or et de grenat.

La plus belle Rade du monde,
Termine ce charmant séjour ;
Ses contours donnent à la ronde
La fraise et l'abri pour l'amour.
Quand le pâtre, sur la falaise,
Chante gaiement sa lande d'or.
Le pêcheur, de retour fort aise,
Fredonne un vieux chant de l'ar-mor.

Grand Dieu ! que ma Bretagne est belle,
Lorsque l'on en suit les contours !
Les voix ferrées seront pour elle
Bientôt d'un tout-puissant secours.
Le Parisien, voyant sa grève,
Et tous ses sites enchanteurs,
Croira qu'en s'éveillant il rêve,
Après tant de récits menteurs.

LE MAUX.

Impr. Divry et Cᵉ, rue Notre-Dame des Champs, 49.

130

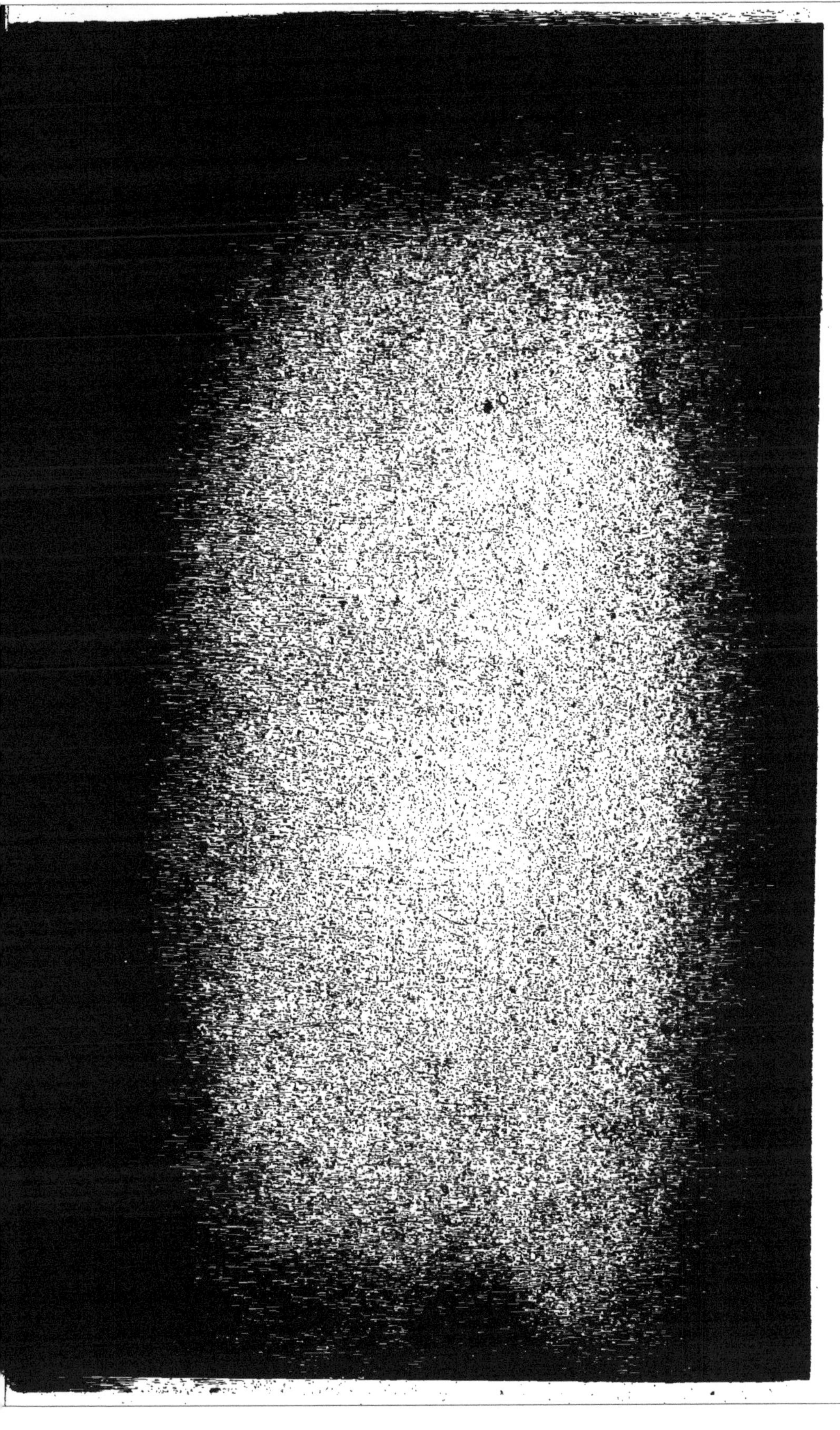